당신은 정말 소중한 사람입니다.
감사한 마음을 담아

_____  _____ 님께

_____ 드림

차 샘 **최 정 수**

해조음

# 차나무茶樹의 세계

# 녹차 향에 인생을 심고
# 정신을 담아온 세월

60년대 후반 나는 차茶에 무척이나 목말라 있었다. 그 후 70년부터 간절했던 차문화茶文化에 매달리게 되었고, 차츰 차츰 차문화는 나의 삶인 동시에 나의 전부가 되었다. 또한 차인茶人은 차에 대한 모든 것에 분명히 자유로워야 한다고 믿고 연구에 연구를 거듭했다. 그러면서 차茶와 시詩와 함께 라는 자부심을 늘 가지고 살았다.

인생의 처음과 끝은 우리 마음대로 할 수 없지만, 중간에 놓인 삶은 스스로의 책임 하에 살아야 된다는 것도 차시茶詩를 쓰면서 깨닫게 되었다. 특히 차를 하는 사람의 차시간茶時間, 인사하는 시간, 배려하는 시간, 사랑하는 시간 외엔 시간이 정말 아깝다. 진정 삶과 소통하지 않는 시간은 참으로 아까울 수밖에 없다. 삶에는 마음의 여유가 주어질 때 비로소 행복해질 수 있고, 더구나 마음의 여유가 있어야 모든 것이 잘 풀린다고 본다.

하루의 해는 하루의 의미를 되새기듯 한 해의 새해는 한

해의 의미를 아로새긴다고 한다. 우리가 일상 속에서 차 한 잔을 마시는 데도 삶의 깊은 의미가 담겨 있다. 살아가는 동안 자연의 에너지인 녹차가 곁에 있으면, 자신을 돌아보게 하는 여유를 얻을 수 있을 뿐 아니라 마음으로 마시는 차 한 잔에 삶의 흔적이 고일 수 있다는 것을 알 수 있다.

그뿐만 아니라 차는 수행정진에도 꼭 필요한 정신음료이다. 즉, 묵언 정진하는 선차禪茶인 홍익명선다도가 마음의 안정과 더불어 차인의 높은 경지에 도달하게 하고, 나아가 삶을 제대로 승화시키게 하는 역할을 하기 때문이다.

아무튼, 이번 차문화 시집 「차 한잔」 발간에 도움을 준 '등친회' 박종회 회장님을 비롯한 지인들께 더없이 감사한 마음이다. 그 고마움을 어찌 말로 다할 수 있으랴.

여기에 시 한 편으로 가슴 뭉클했을 때의 마음을 전해본다.

# 친구

정유년 초춘
뜻밖에도
칠순七旬 선물을 받았다.

막무가내로 건네준
봉투 속엔
축의금으로
차문화 시집詩集을 출간하란다.

깜짝 이벤트인
다수기원하례차회茶壽祈願賀禮茶會나
심쿵의 생일 축하로
며칠을 혼미昏迷 속에 지냈다.

한때 곤경困境에 빠져
실의失意에 잠겨 있을 때도
빛나는 우정은 여러 곳에 살아 있었다.

벗들의 따뜻한 마음을
특별한 의미로 새겨
고희古稀 기념 작품 수도

칠십七十 편으로 꾸미고 싶었다.
부족한 시편을 채우기 위해
칠일七日을 꼬빡 시작詩作에만 몰두했다.

아~
내 인생의 신호등 같은
고마운 친구여!

다시 한 번 아름다운 현대 차시茶詩와 녹차 향에 인생을
심고 정신을 담아온 세월이 너무 고맙게 여겨진다.

弘益齋에서
丁酉年 初春 **차샘 최정수** 書

# 나를 찾아서

나는 한참을 기쁘다가도
어느 순간
우울해지는 버릇이 있다.
가끔 본색을 드러낼 때
나도 엄청 놀란다.

사는 일에 혼신을 다하면
일상이 온통 어두운 적막으로 바뀌어
깊은 수심에 잠긴다.
그러다가
시간을 추슬러 녹차와 함께 하면
차의 맑고 밝은 얼굴이 환하게 보인다.

삶의 무게가 커지는 것은
종잡을 수 없는
마음의 일교차 때문인가.

마침내 남은 사념의 흔적을 밀치고
찻잔 가득 성찰을 담아
한 줄기 희망으로 몰입해 본다.

# 선차禪茶

창을 열면
바람 부는 세상을
만날 수 있다.

어느 것 하나
오래 머물지 않고
왔다 가는 것도 신기하다.

일상 속
고단한 가슴 닫고 살지만
마음 내리는 세심차洗心茶 있어
차茶는 선禪처럼
선禪은 차茶처럼 아름답다.

# 茶 · 1

어느 날 아침
녹차를 우리다가 만난
바람소리, 물소리
오랫동안
낯선 모습으로 뼈 속 깊이 박혀 있다가
이제야 긴 아픔을 떨치고
그리움으로 핀 고유차
따뜻한 찻종의 체온 속으로
녹아서린 평화로운 정적은
입안 가득한 천년의 정인가
조심스레 담아내는 여유로
일월도 잊고 사는 전통의 멋인가
문득
녹차를 우리다가
만난 바람소리 물소리는
가슴 깊이 지는 햇살을
온종일 걸러내는
친숙한 소리로 모인다.

# 茶 · 2

찻물 끓는 소리
가슴 깊이 파고든다.
정성껏 우릴 때쯤
뿌리 적시는 설렘은
심성마저 일깨우는
향기로 피어난다.
어느덧
위대한 혼신으로 다가오는
맑은 기운
차 한 잔

# 茶 · 3

차가 뭐 길래

망중유한忙中有閑의 시간

정수*가 정수의 차를 마시며

차의 마음, 내 마음

하나같은 모습이 되는가.

---

*정수 : 최정수(崔正秀) 시인 자신의 이름

## 세심차洗心茶

꽃샘추위 마다 않고
푸른 속살 내밀 즈음
차인의 표정엔 생기가 돈다.

오랜 갈증 머금은 찻잔
말끔히 씻어낸
물아物我의 세계

초생初生이 솟구치듯
깨어나는 차정신

놀라운 마음속
세심차洗心茶로 가득하다.

# 茶를 하면서

가슴 속 고인 물로 찻물을 끓인다.
이내 무거운 차심茶心을 우려
지친 일상을 조금씩 적시니
하찮은 외로움도 한 때 뿐이고
번뇌마저도 잠시 머무는 것을
차를 통해 얻는다.

고요함 속
숨 고른 감식鑑識으로
찻잔 깊숙이 들여다본다.
곡우 무렵의 일창이기一槍二旗는
임종 끝에서 다시
생명으로 탄생한다.

한때 차나무 성지에 머문 고운孤雲
차 한 잔이면 마음 지혜가
밝아진다고 설파한 당신
신라차 다성茶聖답게
차수茶修를 화두로 다그친다.

문득 내 안의 굵은 뼈들이
깊은 성찰로 다가온다.
홀로인 밤에는 더욱 실감한다.

# 기도

텅 빈 가슴 속
꽃바람 일어 사랑이 태동하면
손잡고 환한 웃음 잃지 않으리라.

몸과 마음이 맑아지는 차생활로
서로가 서로를 믿고
오순도순 다담을 나누리라.

다신이시여!
마음처럼
영원한 사랑 있게 하소서.

# 끽다법어喫茶法語

세월은 흐르는 것이 아니라
엮어져 쌓이는 것

조주선사의 끽다거喫茶去
금당선생의 끽다래喫茶來
최차샘님의 끽다유喫茶遊

어느 것이든
차정신에 못이 박힌 이름이다.
과연
차는 얼마나 깊어 현묘한 것인가.

# 끽다유喫茶遊

녹차 우려 마실 때 차시간은
아름답고 눈부시다.

투명한 차는
심연 깊은 곳
다심茶心으로 살아
무딜 대로 무뎌진 감성에
한줄기 희망을 심어 놓는다.

일상에 각인된 차향
영혼을 맑게 하는 원동력인가
훈훈한 차 한잔
본능 속 수행으로 흐른다.

# 나를 다스림

내려놓음
더 내려놓음
더욱 내려놓음

내가 난데, 내가 낸데 하는 식이면
상을 세우기에 급급하다.
내면에 자만심이 강하면
누구나 잘 난 체, 우월한 체 한다.

교만을 부리고 자기모순에 빠지면
도저히 내려놓을 수 없다.

언제나 감사하고
존경하는 마음이 없으면
하심下心은 우러나지 않는다.

간절한 목마름으로
차수행茶修行 길을
걷고 또 걸으면
드디어 출발이 순조로울 수 있다.

# 녹차

한 잔의 녹차엔
초록 차마음이 넘실거린다.
평소 삶에 눌려있던
혼미한 정신을 씻어주고
탐욕도 걸러주는
신통함마저 지녔다.

지난 긴 엄동
온몸으로 견뎌낸
초순의 잎이
이제껏 치유 못한 화병도
말끔히 잠재우는구나.

녹차의 묘미를 터득할수록
생활 속 수행에
차향을 더하듯
이보다 더 좋은 것이 어디 있을까.

# 녹차 함의含意

차인에게 다심茶心이 있듯
사기장엔 도심陶心이 있고
녹차엔 다농茶農의 녹심綠心이 있다.

차를 우리며
내 안의 푸른 꿈이 우러나도록
한껏 중정中正을 잃지 않는다.

맑은 차 한잔에도
천인지天人地의 에너지가 담겨 있음을
이제야 조금 알 듯도 하다.

차혼이 깃든
엄동설한의 동청수冬靑樹*도
새순 뿜어내는 도량수道場樹**로
다가온다.

———————————

* 동청수 : 겨울철 푸른 차나무를 이르는 말
** 도량수 : 차를 통해 깨달음으로 이끈 차나무

# 다기茶器

좁은 다실에
오래된 다기들이
나를 보고 있다.

칠정七情이 담긴
저 다기들을
조심스레 보듬어 본다.

나를 지켜준
투명한 차문화의 살결에
삶의 영롱함이
고스란히 묻어 있다.

오늘도
다가갈 수밖에 없는
나의 보물 다기

# 다도

오랫동안
절제된 정서

천천히
조금씩
조용히 마시는 차

한 가닥
심상의 중심부를
흔들어 깨운다.

# 다도 미학

다심을 조용히
찻상에 내려놓으면
다구는
차인을 향해 온몸을 맡긴다.

횡파형 다관 속
색·향·미 우러나고
다가오는 차의 풍미
따사롭게 음미한다.

정·중·동으로 담아낸
전통의 멋
일상에서도
다도 미학으로 무르익고 있다.

# 다반민족茶飯民族

한국인은
차茶와 밥飯으로 산다.
일찍이 다반사茶飯事라 했다.

우리의 삶에서
밥심은 육체적 힘이요
다심은 정신적 힘이다.

이런 다반문화가
서구화 되면서
반 토막 나고 말았다.

반세기 동안
몰아친 엄청난 물결은
머릿속과 몸속 곳곳에 머물고 있다.

어느덧
잃어가는 민족의 정체성
고유한 정신마저
다 빼앗길까 가슴 조인다.

# 다신茶神

어떻게든지
찻일茶事만은 잊을 수 없다.


살아서 하고 싶은 다례
죽어서도 보듬고 싶은 다도다.


반 세월
녹향綠香으로 채워진 차심茶心
한결같은 의지
고이 간직하고 싶다.


푸르른 차정신은
세상에서 가장 큰 재산이며
둘도 없는 동반자다.


다신이시여!
부디 서둘러
위로 받은 삶을
보답으로 이끌게 하소서.

# 다원 풍경

천지의 찬 기운 다 이겨내고
마침내 깨어난 여린 차순
입춘 지나 분주한 나날
대지와 속삭이며
눈부시게 일어섰구나.

작설 가족의 숨결은
불꽃으로 번져가고
오랫동안 기다린 벗들에게
봄의 정취 안겨 주는구나.

한결같은 녹향이
마음으로 이어지면
차가 있다는 그 자체로도
행복해짐을 숨길 수 없구나.

# 달빛 차회

고운정孤雲亭에서
하늘과 땅과 차인이 아우르는
달빛 차회를 연다.
지기들은 오랜만에 만나
짙은 차향을 섞고
가슴속 묻어난 언어들과
끈끈한 체온으로
차문화의 꽃을 피워
차마음茶心을 일군다.

# 매화차

新年 '梅花茶會'에 부쳐


정유년 정월
매분梅盆에 꽃이 하얗게 피었다.
매향은 사방으로 흩어져 진동하지만
아직 엄동의 냉기는
꽃잎 위를 맴돌고 있다.
옹기종기 움츠린 꽃망울의 숨결이
고적한 공간을 헤집고
봄의 언저리를 찾는 모습이다.
일 년 사계절의 기다림에
잊지 않고 찾아온 매화꽃
이 순간
녹차에 꽃 한 송이 띄운 약藥 기운이
온몸으로 퍼져
봄으로 가는 길이 마음에 어른거린다.

# 미안하다

소리 없는 얘기를 한다.
홀연히 떠난 옛 얼굴들을 떠올린다.
왠지 무관한 사람들까지
마구 스쳐 지나간다.
평소 아껴 주던 지인들
함부로 대한 것 같아 마음 아프다.
다심茶心을 앞세워
천천히 조금씩 조용히
차 마시는 자리 만들 수 있을까.
그리움이 가득하고
미안한 마음이 하늘 넘치는 시간
살아가는 삶이
느리게도
빠르게도
모두 여러분 덕분에 황홀한 것을…

# 茶에 미안함

어느덧 차에게 잘못한 일 많았다.
평소 아무렇지도 않게
차실의 문을 열고 방석이든
다관의 뚜껑이든
함부로 대하는 일이 많았다.

차를 하는 진정한 의미 생각지 않고
차를 제대로 다루지도 않으면서
의기양양하게
다기에 뜨거운 물을 마구 부어 댔다.
차에게 미안하고 다관에게 부끄럽다.

정말로 생명다도인 차의 일에
너무도 쉽게
잘못된 일 참으로 많았구나.
이제 어디서 차정신 찾을까?
새삼 차생활에 과분함을 느낀다.
차에게 무척 송구스럽다.
좀 더 겸허히 하고
작은 떨림에도 크게 감사해야지.

# 아침 향기

태곳적 신비로움이
다연茶緣으로 피어난다.
이 순간
열성은 차를 만들고
일상은 차 한잔을 권한다.
찻잎도 마음도 너그럽게 우려져
고마움으로 마신다.
녹차 덕에
가슴은 다향으로 가득하다.

# 어느 차인

가슴이 답답할 땐
목이라도 촉촉하면 위안이 된다.
반백이 가깝게
차를 우려도
오감조차 못 채우는 차인
오늘도 본능인 양
투박한 찻잔은 쉼 없이 입에 닿고
부족한 다심은 안개 속
유년의 초심을 찾아 나선다.

# 작은 차실

가슴 한 복판에 차실이 있다.
차문화로 메운 세월의 공간이라
과부하가 된 지 오래되었다.
기가 막힌다는 듯
다구茶具는
저마다 날을 세워
위태로운 벽을 이뤘고
형형색색 다서茶書들은
업거나 안고
서로가 부동으로 버티고 있다.
차의 기운 받은 분신들은
다심茶心마저 낮춘 탓일까
매일 바뀌는 위아래가
제법 익숙한 모양 같다.
운명처럼 동고동락한 사물들을 엮어
묵은 어둠 떨쳐 내고
맑은 햇살 고이 받아
화사한 차이야기 일궈야겠다.

# 접문接吻

찻잔에 팔부쯤 채워
망설임 없이 접문接吻*하라.

사는 일이 어려울수록
마음 가다듬고
차 한 잔 마셔보라.
정서의 도량에
오감과 오미가 있다.

구연부口緣部**의 온기와
차의 기운으로
답답하던 삶이 조금씩 되살아나고
끊임없는 다각茶脚***의 성분들은
온몸에 깊이 퍼지고 있다.

---

* 접문 : 입맞춤

** 구연부 : 찻잔의 위쪽 입이 닿는 가장자리 부분

*** 다각 : '차는 위쪽 차보다 아래차가 더 좋다'는 의미

## 조차 早茶

이른 봄
작설잎* 푸르게 다가와
세상 오는 길이
혼자였듯이
때론 혼자 익숙한 차시간茶時間도
가지라 한다.
차가 있는 삶의 리듬 속
시기와 질투가 없는
아름다운 일만 있으라 한다.

---

* 작설차 : 찻잎의 모양이 참새 혀처럼 어린 찻잎으로 만
든 차로 우리나라 녹차의 대명사다.

# 茶가 인생이다

차 한 잔 올릴 때도

향 피워 예 올리고

차 한 잔 마실 때도

마음 모아 음미하니

차가 바로 정신이며

인생 같은 것이리라.

# 차가 있는 삶

선차인禪茶人은
자신의 내면을 성찰하면서
그 어떤 것도 담을 수 있는
찻그릇이 되고자 한다.

살이기면서
모든 것
힘들고 부족해도
행복해 하면서 차를 한다.
경이로운 선차를…

# 차꽃 素花

늦가을
차나무에 앉은 꽃망울은
수줍은 입술로
서리 물고 일어나지만
어떤 얼굴은 힘겹게 피워 내는
꽃송이도 더러 있다.

한 걸음 눈빛으로 다가가면
차정신 든 차꽃은
푸른 찻잎의 언저리에서
인간을 이롭게 하는
심향을 잉태하고 있다.
투명한 새벽을 움켜쥐고
벅찬 가슴으로
떠오르는 햇살을 불태우고 있다.

# 차꽃의 일상을 보며

모름지기 뿌리가 튼튼해야 한다.
뿌리 깊은 차나무를 닮아야 한다.
사철 푸른 다수茶樹는
서리 기운이 조금씩 일렁이면
한 송이 한 송이
마음껏 햇살 속 꽃망울을 터트리고
그리곤 가을비에 고운 꽃잎들이
촉촉이 온몸을 적시기도 하고
그러다가 어느 순간
짙은 어둠 속으로 사라진다.
왠지 마음이 서운하여
꽃 숨을 쉬어 보지만
떨어지는 자연 역시 한없이 아름답다.

# 차나무

여리고 여린
푸른 잎은
정녕 꺼지지 않는 불꽃

오늘도 목마른 중독을
한 꺼풀씩 담아내어
차마음 깨침으로
탈바꿈하는구나.

모든 것
베푸는 섭리로 태어나
사시사철 휴면 않는
살아 눈부신 기운

지상부는
애초부터 하늘을 닮아
생기발랄한 출아出芽를 준비하고
깊은 곳 직근直根들은
한 줄기 언어로 다가와
천년 정신을 잇는다.

# 차를 생각한다

차 한잔 우리면서
그윽한 향기의
차茶를 생각한다.

역사의 소용돌이 속
여유롭지 못한 탓이었을까
우리의 고유한 전통 차문화가
아예 없는 줄만 알았는데
알고 보니
차의 나라요
차의 민족이요
차의 역사다.

*생활 속 다례 / 명절 속 차례*
*관아 속 다방 / 풍류 속 다락*
*궁궐 속 종묘 / 정진 속 선다*
*불가 속 척번 / 유가 속 세심*
*가정 속 효다 / 사헌 속 차시*

온통 차의 날이요 차의 달이다.

인생을 마무리하는
시다림尸茶林 의식도
여전히 살아 있었구나.

그동안 잊어버리고
잃어버린 우리차
이제는 짧은 이별도 싫다.

천신만고 끝에
근·현대에 들어 다시 중흥한 차문화
일찍이 정신음료인 녹차에
우리의 투명한 정체성마저
담겨 있었구나.

장하다
모두가 기쁜 마음 남다른 애착을 챙겨
멋과 도道와 선禪을
제대로 일궈 가자.

하심의 자세로

정신적 뿌리에 전력을 쏟아
긴 어둠 떨쳐내고
오랜 시간 견뎌 낸 함묵의 차시茶詩
문인 묵객의 차문화
겨레의 다반사茶飯事

부디 길이길이 보존하여
위대하고 아름다운 차민족으로
우뚝 서게 자리매김해 보자.

# 차력 茶歷

허구한 날
차생활에 몰두했지만
정신적 허기조차 못 채운
시절이 다반사였다.

고희가 지났지만
고치지 못한 버릇도 많고
차 나이 반백이 가까워도
아직 세심차洗心茶는 숙제로 남았다.

차의 경력을 뒤로 하고라도
늘 처음인 채로
못난 허세와 아집일랑 허공에 심고
늦둥이 같이 찾아온 차정신 잡아
한 가닥 설렘을 민족차에 더해 본다.

# 차 마음茶心

차는 예나 지금이나
한 마음만을 지니고 산다.
좋은 사람 싫은 사람이 없고
높은 자리 낮은 자리가 없으며
기쁜 일 나쁜 일이 따로 없다.
한번 연緣 줄이 닿으면 변함이 없다.
이러한 일심一心을 가진
차 앞에 서면
난데없이 부끄럽고
너무나도 초라한 자화상이 되고 만다.

# 차문화

삶에 무척 힘들었던 순간
차는 내게 큰 위안이었다.
차와 다기
혹은 다화 한 송이도
그냥 보이지 않는다.
모두 나에게 있어
예사로움이 아닌
고마움의 대상이다.

# 차문화 경배

언젠가
경건한 마음으로
다화 한 송이 올려놓고
차 한 잔 우려
믿음 가득 경배한다.

탐욕을 벗어 놓고
온몸으로 익히는 행다
정신을 가다듬는 다도
심신을 여유롭게 하는구나.

모진 세상
속마음 비우고
차 의식에 젖는다.

# 차문화로 행복한 삶

현묘하고 지극한 경지를
다도茶道라 말하지 않았던가.


가을을 향해 카멜리아 시넨시스*의
꽃망울이 마디마디 올라와
인간 · 예술 · 자연이
하나 되는 다도무문茶道無門


다반사茶飯事로
차茶 DNA 일궈 온 선조들의 삶
차시간 통해
차의 성정 마구 솟구친다.


끽다유喫茶遊 즐기면
현묘지도玄妙之道에 이르고
다도茶道 중정中正을 얻으면
다심茶心은 넉넉한 달빛에 젖어든다.

_____

* 카멜리아 시넨시스(*Camellia sinensis*) : 차나무의
　　　　　　　　　　　　　　　　　　　학명

# 차사랑 · 1

차茶로 위로 받는 일은
참으로 기분 좋은 일이다.
언제부터인가
나의 차 인연은
차의 길이 옳다고 생각해서
사나이 마흔 여덟이 되도록 지켜 왔다.
정말이지 매달리면서까지
차의 연인이 되고 싶었다.
그런 나는
차를 떠올리기만 해도
다복茶福을 주체할 수 없었다.
아!
터질 듯 마음을 빼앗긴 차사랑은
다창茶窓을 환하게 물들이고 있다.

# 차사랑 · 2

차가 마음을 만져 주고
흐트러진 몸을 세운다.

찻일의 중심엔 중정中正이 있고
일상의 중심엔 다반사茶飯事가 있고
차인의 중심엔 다심茶心이 있었던가.

가슴에 오롯이 새겨진 차사랑
차혼을 녹여내는 차정신
긴 세월 탐욕마저 풀어내고
침묵의 공간 속
차향 가득한 차시간을 만들고 싶다.

# 차사랑 · 3

세상의
차다운 차 다 모아도
좋다는 약차 다 합쳐도
끝내 기쁨이 되는 녹차 유산
차분한 오감 속 넘치는 풍미
가슴 깊이 안아 본다.

민족의 매력
유구한 다반茶飯 역사
세월 속 푸른 숨결마저
다심茶心에 물들고 있다.

# 차시간茶時間

매일
풀리지 않는 시간들을 끌어안고
해묵은 찻잔 속을
수만 번 씻고 닦고 했다.

잔 깊숙이 잠긴
하늘 한 조각
초록빛 생명인 양 돋아나고
한껏 부푼
다소茶素*는 지난날의 흔적조차
감싸며 흐른다.

이제
세월의 무게만큼
탕관의 탕수湯水 익어가는
차시간茶時間이
무척이나 기다려진다.

---

* 다소 : 카페인

# 茶에서 인생을 찾다

산상에서 마시는 차가
마음으로 흐른다.
인생의 에베레스트*를 향해
겨우 생명줄 한 가닥 잡고
무모한 겨울 산행을 한다.
베이스캠프와 크레바스를 수없이 지니
하늘 길을 넘나들고 있다.
살아 두 번
죽어 두 번인 사례四禮**나
생로병사는 신성한 규칙이다.
하늘 쪽 정상은 멀수록 좋다.
한 치도 허용할 수 없는 여정 아래
순백의 길을 오르고 또 올라
차의 고지를 한 걸음 앞당기고 있다.
결코 서둘러 갈 길은 아닌 것 같다.

---

* 에베레스트 ; 해발 8.848km

** 사례 : 관혼상제

# 차와 함께 · 1

차를 마시는 동안은
늘 행복해진다는
마음을 지울 수 없다.

차와 일생을 함께 할
좋은 징조인가.
밤낮없이 우리는 녹차는
아득히 잠들지 못한 묵은 한숨마저
가라앉히고
내면 깊숙이 드리운 그림자도
홀연히 사라지게 하는
묘한 기운이
심안心眼 가득 교감으로 일렁인다.

# 차와 함께 · 2
'좋은 손님을 불러 온다'는 茶釜 곁에서


다정茶鼎에 물이 익노라면
아침 피워내는 순간이 온다.
온몸을 적시는 맑은 찻물로
설레는 적막을 깨고 오미를 경험한다.
푸른 하늘, 새하얀 구름
스치는 바람마저 여유롭다.
대지의 숨결 같은 차정신이
인생 도량에 고이고
명선다도瞑禪茶道의 진면목이
반만년 민족차에 혼을 더한다.

# 차와 만나다

차와 만나는 순간
안으로 스미어
내 마음을 만진다.
정녕
다심이 되살아나고
더욱 영롱해진다.
차의 에너지가
뇌리에 머물면
상처 입은 자아도
능히 추스를 수 있다.
아, 행복한 차인이여!

# 차 우리는 삶

이른 아침
늘 그래왔던 것처럼
익숙한 찻잔 들고
가슴으로 오염된 삶을 삼킨다.

그리디기
세속의 쓰고 짜고 떫은 맛까지도
마음 깊이 새겨 담는다.

결코 차의 진실은
홀로 마시는 차시간이
진정한 지고至高의 차생활이고
자신을 좌고우면左顧右眄하는 순간이
다수생활茶修生活이라 했던가.

하루 세 번
올바른 다심茶心을 다잡아
번뇌마저 정성껏 우리고 싶다.

# 차의 진화론

차의 늠름한 모습은
늘 자랑스럽다.
오랜 세월 숙련된 탓일까.
차에 마음을 담아 마시면
차가 먼저 마음을 내준다.
차와 더불어
차나무의 지조 있는 삶을 닮고
거친 마음을 다스리는
세상의 순리를 배운다.
차문화의 창조
녹차의 진화는 지금도
숙명처럼
수행차 덕목차 힐빙*차로 거듭나
민족 다반사茶飯事의 주인공으로
다도정진의 대표 주자로
고뇌의 땀을 잊지 않고 있다.
이런
차의 앞날에 행복이 가득하길…

---

* 힐빙 : 힐링과 웰빙을 합성한 말

# 차의 외로움

고난과 고난 사이
어둠과 어둠 사이에서
하나의 희망을 찾는다.

무인도의 섬도
어울려 있어 외롭지 않은데
우리의 전통 차문화는
왜 이리도 외로운지

차茶나 차문화도 무진장 고생하지만
다농茶農들은 억장이 무너진다.

매 순간 차문화만 생각했던 터라
차세상에서 신비의 가치를 좇아
차생활만 즐겨 왔었다.

이제는
민족의 혼이 담긴 전통의 숨결과
선인들의 차정신을 고취하고 싶다.

화려한 커피가 조금은 가라앉고
무의식의 습관을 바꿀 수 있게
다중茶衆은 살아생전
밝아오는 새벽을 만들어야겠다.

# 차인茶人 · 1

차로 인한 성숙한 호흡이
큰 사랑으로 다가온다.

세상사 순종하며
몸 사루는 차향기
하늘과 땅 사이
푸른 차씨 뿌리며
묵묵히 인고를 거둔다.

늦은 시간
수미차*를 필차**로
밝은 미래 혜안慧眼이 영글다.

---

\* 수미차 : '차맛이 아니라 오히려 물맛과 같다'는 의미

\*\* 필차 : 차를 마침

# 차인茶人 · 2

예의는 공손하게
일상은 겸손하게
다도는 검소하게

암묵적
실천궁행이야말로
세상 인연 다하는 날까지
차인의 눈부신 얼굴을 만든다.

# 茶의 희생

천지의 기운 받아
차마음 일구는
차의 일생을 들여다본다.

이른 봄
초생初生으로 갓 태어나 한 번 죽고
다시 가마솥 고열과 비비기에
또 한 번 죽고
이내 부초차釜炒茶*로 살다
끝내 다관 속 열탕으로 세 번 죽는다.

이렇듯 험난한 역경 속
차의 성정, 차의 향기
좋은 연緣이 되었구나.
마침내
너의 크나큰 공덕
유전자로 보듬어 안는다.

---

\* 부초차 : 전통 제다법으로 가마솥에서 덖고
　　　　유념(비비기)하여 만든 차를 말함

# 차 인생

전통 가마에서
불순물을 다 태워 버리고
찬란한 빛으로 오는
찻그릇을 닮고 싶다.

차생활도
차마음을 담는 다기처럼
1300℃ 이상 익혀서 쓰고 싶다.

영혼까지 맑게 하는 차정신을
확인하면서
차문화에 더욱 빠져들고 싶다.

차를 정성껏 우리며 산다는 것에
너무 감사하며
차가 이 세상 넉넉한 수양이 되기를…

가슴의 온도
차의 온도를 조절하면서
뜨겁게 살고 싶다.

# 차인생활茶人生活

차茶는 나를 보고
탐욕하지 말고
그냥 물같이 자연같이
차생활 하라 하네.

단아한 찻잔에
맑은 차를 담듯
그렇게 순리대로 살아라 하네.

차를 통해 만족함을 아는 삶을 살다
홀가분하게
연기처럼 구름처럼 가라고 하네.

차인의 겸손과 미덕으로
영원히 감사하면서
꽃바람같이 살다가 가라 하네.

# 차인茶人에게

검소하게 절약하고
감사하게 먹고
정성스럽게 마시고
조심스럽게 말하고
겸손하게 행동하고
소박하게 즐기고
예의바르게 공경하라.

그리고
늘
부족하게 살되
아무에게도 상처주지 말며
세상에는 아름다운
차정신만 남겨라.

# 차 한잔

한바탕
불이 되다가
바람이 되다가
한 그루 자생 차나무가 되다가
언젠가는
자유로운 나비가 되고 싶다.

온종일
들꽃만 바라보다
산자락에 지천으로 핀 무명초 하나와
눈이 맞는다.
무명의 영롱한 눈빛에 한동안 몰입하다
이내
허무와 만나는 기쁨인 것을

아, 입으로 가슴으로
때론
온몸으로
차 한잔 마시고
가는 인생…

# 차 한잔 마시며

달 있는 밤
넉넉히 차를 마신다.

오늘따라
따스한 가슴속
소중한 추억 같은
아름다움

겨울 눈 내린 창가에
끝없는 회한이 꼬리 물고 일어나
차 한잔 음미할 여가임을 알린다.

칡넝쿨 걷어내며
살아온 나날
가슴앓이 하던 유년의 시절

차 한잔의 여유로
나직이 가라앉히면
봄내음 성큼 다가오는
하늘이 보인다.

# 차 한잔을 마시며

차 한잔 마시며
인생을 음미해 본다.
인생도 차와 같이
차도 인생과 같이
어떤 때는 싱겁고
어떤 때는 짜고
어떤 때는 향이 모자라지만
칠정七情이 바로 거기에 있었구나.

언제나 정성으로 우려내는 차지만
좀처럼 마음과는 다르다.
부디 인생고해 녹여내는
내면의 맛을 얻어 보자.
일생 잊을 수 없는 차 맛
차마음 추슬러
잠시도 차수행茶修行 떠나지 않게
찻잔 채우는 일 게을리 말아야지.

# 차향茶香

차향은 자연으로 다가와
힐빙*이 된다.
가슴에 머물던 차문화
깊은 삶에 잠기고
어느덧
바람과 불과 물이
찻잔에 고인다.
그윽한 차향은 노을처럼 파고든다.

---

* 힐빙 : 힐링과 웰빙을 합성한 말

# 찻사발

모두 너를 두고
찻사발이라 부르지만
그냥 사발이 아니로구나.

햇살의 속삭임
바람의 색
숲의 향기
신화神話의 숨결
수만 년 흐름의 피와 뼈
지렁이의 체온
온통 자연의 눈부신 영혼이었구나.

오랜 세월
지 · 수 · 화 · 풍
조용히 비에 젖고
어둠에 젖는 일이
결코 예사로움이 아니었구나.

전통의 맥
분신의 물레질이

염제炎帝의 불꽃을 민나
새롭게 다가온
생명의 완碗

사기장의 아픔
심혈 속 긴 호흡으로 환생한
마음 그릇
소박한 얼굴이어라.

# 찻잔 · 1

일상에서
비우기도 하고 채우기도 하는
찻잔을 유심히 들여다본다.
산이 깊숙이 잠겨 있다.
어느새 비우고 채우기를 반복하면
내 곁에 산이 있는 것이 아니라
내가 산 곁에 있어
차로 숨을 쉬는 나는
온종일 눈부시다.

# 찻잔 · 2

일상이 고뇌를 안고 시는
찻잔에는
곡우 전 어린 싹의 희생도 있고
애틋한 기다림도 있고
엄동설한 동장군의 고백도 있고
늙은 다농茶農의 고단함과
가까운 사람의 초상화와
별난 세상의 허물마저 담겨 있다.

이렇게
차곡차곡
엄숙히 담긴 모든 것으로부터
찻잔을 비운다.

정진을 거듭하며
작은 존재
큰 희망으로 다가오는 심기心器
이윽고 군자의 불기不器로 태어난다.

## 차훈욕茶薰浴

차향은 낯선 땅 먼 데서 온다.
녹색 잎에 내린 햇살은
봄의 전령인가
몇 차례
곡우 찻잔으로
미소 가득한
입술을 적시자
닫혔던 차심茶心이 문을 연다.
기적처럼
뼈 속까지 스며든 향훈은
환하게
온몸 구석구석을 닦는다.

# 하루

새벽이슬 머금은
야무진 초아初芽
푸른 마음 전하려고
열탕 속 옷을 벗는 찻잎

시다림尸茶林으로
우러난
차를 음미한다.

가슴 한복판
단단한 껍질 벗기려고
숨 고르며
거듭거듭 마신다.

이내
부끄러운 하루를 접는다.

# 행복

차를 대하면
눈빛부터 부드러워진다.
다관에 행복이 담긴 탓일까.
찻잎이 몸을 풀 때쯤
심신은 절로 편안해짐을 느낀다.

# 행복한 차시간

산뜻한 아침
활기찬 오후
즐거운 저녁
녹색 빗장을 열어
차우림 수행 중

귀에 익숙한
숙우의 남편인 다관을 위하여
다관의 아내인 숙우를 위하여
하늘과 땅의 자녀를 위하여
아름다운 세상
天 · 人 · 地를 위하여
행복한 숨결
마음의 기상도를 가늠하며
온통
하얀 다기들이 들려주는 노래 속
차와 예와 문화를 각인 중이랍니다.

# 고백

차茶가 가슴 따스하게
나의 행복을 지켜주는데
차에게 부족한 것 같아
참으로 미안하다.

이세 너로 인해
신들린 차인 되어
끝없는 정화작업에
차곡차곡 칼날을 세우고 있지.

그래
오늘날 너는
너무너무 대견스러워
그간 아무도 없는
나를 감싸 안아
내면의 정신을 되찾게 했지.

나도 모르게
감동하고 감탄하고 감사하면서
조금씩 밝은 해안解顔으로 다가간다.

# 근심

차를 오래 할수록
수심만 깊어진다.

차에도
뿌리가 있고, 차 정신이 있거늘
아무리 생각해도
차문화는 겨울 속에 있는 것 같다.

그 어디에도
예禮와 문화와 행사 주제와
다중茶衆들의 질서가 보이질 않는다.

이제는
차 의식을 일깨워
피우지 못한 차문화에 꽃을 피워 보자.

차 정신의 본고장
대구 차계茶界에서
불세출不世出의 차인이 나오기를
기대해 본다.

# 화두話頭

차 한잔 속 에너지는
성찰을 요구한다.

가혹한 가뭄에
논바닥처럼 갈라진 심성도
삶의 깊이를 더하는
선차禪茶로 이어지면
어둠의 환경도 적막을 가른다.

차나무에 핀
서리꽃 소화素花*는
맑은 차 의식으로
메마른 다심茶心을 일군다.

간절한 깨달음이
찻잔 속에 있다.

---

*소화 : 늦가을 서릿발 속에서 더욱 영롱해지고, 그윽한
　　　 향기와 함께 아름답게 피는 '차꽃'을 이르는 말

# 회고 回顧

어느 날
부富에 병이 된 적이 있었다.
무지한 탓에
흔한 병인지 드문 병인지도 모르고
안간힘을 써 보았다.
여의치 않는 삶은
자꾸 공심만 무너뜨려
암울한 은둔 속에 묻어 두고
마음에 전이된 상처 조각들을
정성껏 씻어내고 있었다.
이윽고
한 가닥 햇살마저
일으켜 세우는 자존심
숨결로 차오른 고뇌를 뒤로하고
모두가 거부하는 것까지
받아들이고 싶다.
명선다도를 더욱 다잡아
은은한 차향처럼
깊이를 더해 가고 싶다.

# 전통차 정신에 뿌리를 둔
# 자연친화적 서정시

## 차샘 최정수 시집 「차 한잔」에 부쳐

우암 김원중(한국문인협회 고문 · 포스텍 명예교수)

소한을 지나고 나서야 날씨가 겨울 특유의 본색을 나타
내고 있다. 이 추운 날씨에 차샘 최정수 시인의 시집 「차
한잔」의 원고를 읽고 있으니 마음이 따뜻해진다.

먼저 최정수 시인의 시집 「차 한잔」의 발간을 축하하며
그 기쁨에 박수를 보낸다.

최정수 시인은 지금 고희를 맞아 그의 시력詩歷은 40년
이 넘는다. 1970년에 이미 「열일곱 개의 변신」이라는 한정
판 시집도 발간하였고, 얼마 후 「한대문학」이라는 동인지
를 결성하여 주도적으로 활동한 시인이다. 그러면서도 10
여 년 전인 2006년 「문예한국」 신인상에 또 다시 도전, 문
단에 정식으로 발을 디뎠다.

나는 최정수 시인이 걸어온 삶을 같은 길을 걷는 선배의
입장에서 지켜본 지도 어언 반세기가 되었다. 50년 전 처
음 만났을 때나 지금이나 한결같다. 예의 바르고 정직하고
하고자 하는 일에는 일관성이 있어 언제 만나도 마음이 든

든하다. 오랜 기간 차 연구와 교육에 온몸을 바쳤었고, 문학도 시창작도 그 정신 위에서 쓰여진 것이다.

## 차 한잔

한바탕
불이 되다가
바람이 되다가
한 그루 자생 차나무가 되다가
언젠가는
자유로운 나비가 되고 싶다.

온종일
들꽃만 바라보다
산자락에 지천으로 핀 무명초 하나와
눈이 맞는다.
무명의 영롱한 눈빛에 한동안 몰입하다
이내
허무와 만나는 기쁨인 것을

아, 입으로 가슴으로
때론
온몸으로

*차 한잔 마시고*
*가는 인생…*

▲「文藝韓國」, 2006년 봄호(통권 106호), 문예한국사 발행
위의 시 '차 한잔' 외 4편으로 문학전문지 「문예한국」 2006년 봄호,
'이 계절의 신예 작가'로 등단함.

나는 한때 그가 하는 일이 하도 많아서 한 가지만 하는
것이 좋겠다고 바란 적이 있었다. 그러나 결과적으로 마지
막까지 붙잡고 대가大家의 경지에 오른 것이 차茶 연구이고
그 다음이 시작詩作이 아닌가 한다. 그는 어찌 보면 차정신
이 시정신이고 시 창작은 차정신에서 나온 것이라고 할 수
있다.

## *차 한잔 마시며*

*달 있는*
*밤*
*넉넉히 차를 마신다.*


*오늘따라*
*따스한 가슴속*
*소중한 추억 같은*
*아름다움*

겨울 눈 내린 창가에
끝없는 회한이 꼬리 물고 일어나
차 한잔 음미할 여가임을 알린다.

칡넝쿨 걷어내며
살아온 나날,
가슴앓이 하던 유년의 시절

차 한잔의 여유로
나직이 가라앉히면
봄내음 성큼 다가오는
하늘이 보인다.

▲ 「다중(茶衆)」 제2호, 1992년, 구산전통문화연구원 발행
▲ 「차 한잔의 풍경」, 담원 김창배 지음, 2002년 5월, 솔과학 발행


　이 시에서도 보았듯이 그의 시세계는 온통 차정신인 것
이다. 그러나 편안하게 차 한잔 마시듯이 시 한 편 읽으면
되는 것이다. 누구나 이 시집을 읽으면 훈훈한 마음에 젖
게 되고 행복한 인생이 되는 것이다. 그 이상 무엇을 바라
겠는가?

# 차 한잔을 마시며

차 한잔 마시며
인생을 음미해 본다.
인생도 차와 같이
차도 인생과 같이
어떤 때는 싱겁고
어떤 때는 짜고
어떤 때는 향이 모자라지만
칠정七情이 바로 거기에 있었구나.

언제나 정성으로 우려내는 차지만
좀처럼 마음과는 다르다.
부디 인생고해 녹여내는
내면의 맛을 얻어 보자.
일생 잊을 수 없는 차 맛
차마음 추슬러
잠시도 차수행茶修行 떠나지 않게
찻잔 채우는 일 게을리 말아야지.

▲ 다연(茶緣) 회지 제6집, 2006년 12월, 영남차회 발행
▲ 오박사네 고금소총(古今笑叢, 인터넷-다음), '대구의 시인' 참조

이처럼 최정수 시인의 시는 차 마시면서 문학의 즐거움에 젖기도 하고 거기서 행복 바이러스를 만끽하게 되는 것이다. 또 이 시집 출간과 함께 그가 평생 작업해둔 「다훈집 茶訓集」도 함께 출간한다고 하니 행복 바이러스 플러스 새 봄맞이가 되는 셈이다.

끝으로 저자의 차시문학茶詩文學 중에서 '다도' 한 편을 더 감상하는 것으로 이 글을 맺으려 한다.

## 다도

오랫동안
절제된 정서

천천히
조금씩
조용히 마시는 차

한 가닥
심상의 중심부를
흔들어 깨운다.

· 주요 경력 ·

■ **성명** 최정수(崔正秀)

■ **아호** 구산(丘山)

■ **차호**(茶號) 차샘

■ **경력** · 1976~96년 대구 수성구 능인고등학교 국어교사 역임
　　　　　　고교생 '幽茶會' 운영
　　　 · 1985년 '대구중등교원 다도연구회' 초대회장 역임
　　　 · 1986년 '영남차회' 창립, 초대회장 역임
　　　 · 1992년 대구 KBS 1-TV 향토기적 '최정수씨의 茶人日
　　　　　　記' 1시간 다큐멘터리 방영(10월 23일)
　　　 · 1996년 '한국차학회' 이사 역임
　　　 · 1998년 '(사)우리차문화연합회' 창립, 초대 상근이사
　　　　　　역임
　　　 · 2000년 '사단법인 한국홍익茶문화원' 설립, 다도 ·
　　　　　　예절 전문교육원 및 홍익다도대학원 운영(현)
　　　 · 2001~2002년 '홍익차문화제' 개최 중, 차문화 사진
　　　　　　작품전 2회, 차나무 분재 작품 전시
　　　　　　2회(장소 : 대구관광정보 센터)
　　　 · 2006년 「문예한국」 '詩문학'으로 등단
　　　　　　(사)한국문인협회 · 대구문인협회
　　　　　　일일문학회 회원(현, 文人茶道家)
　　　 · 2007년 대구광역시 교육청 주관, 특수 고등학교 「茶道
　　　　　　인정 교과서」 감수 및 심사협의회 위원장 역임
　　　 · 2012년 한국차를 빛낸 1세대 원로차인으로 선정되어
　　　　　　「한국의 근현대 차인열전」에 수록됨
　　　　　　(김태연 지음, 이른아침 출판)
　　　 · 2015년 매일신문 '인터뷰 通' 전면 다도기사 게재
　　　　　　(7월 4일)

- 2016년 '사단법인 한국차중앙협의회' 이사(현)
- 2016년 '대구 8개 차 법인체 협의회' 고문(현)
- 2016년 '재단법인 송곡문화장학재단' 이사(현)

■ **저서** · 1982년 「茶란 무엇인가」 발간
 · 1987년 「가정에서 차나무 가꾸기」 발행
 · 1985~1992년 무크지 '茶衆' 1 · 2호 및 '幽茶' 5권 발행
 · 2017년 차문화 시집 「차 한잔」과 「茶訓集」 발행
   해조음 출판사

■ **차문화원 운영** : '사단법인 한국홍익차문화원' 부설
  전국 차 전문 교육원 9개 차회와 지회
  홍익다도 사범회 운영.
  '차인' 육성과 '다도 전문사범' 자격증 수여
  (제33기 배출)
  국내외 차행사 개최 등

■ **차인 활동** : 차단체 · 대학교(원) · 공무원 교육원 · 문화센터
  기업체 출강 및 겸임교수 역임
  고운 최치원 차인상 제정
  팔공산 차나무 이식 등

■ **차봉사 활동** : 각종 다서 · 차사진 · 차엽서 제작 배부
  차씨앗 · 차나무 묘목 · 차분 · 차와 다기
  차노래(헌다송 · 유다송) 등 보급
  차문화 특강 등의 활동을 전개함

# 차 한잔

2017년 3월 1일 초판 1쇄 인쇄
2017년 3월 10일 초판 1쇄 펴냄

지은이 | 차샘 최정수
펴낸이 | 이철순
편   집 | 박중회, 이재윤
디자인 | 이성빈

펴낸곳 | 해조음
등   록 | 2003년 5월 20일 제 4-155호
주   소 | 대구광역시 중구 남산로13길 17 보성황실타운 109동 101호
전   화 | 053-624-5586
팩   스 | 053-624-5587
e-mail | bubryun@hanmail.net

ISBN  978-89-92745-58-1 03810
• 잘못된 책은 바꾸어 드립니다.  • 책값은 뒤표지에 있습니다.